M. FARCEUR
a la varicelle

Publié pour la première fois par Egmont sous le titre *Mr. Mischief a spot of trouble*.
MONSIEUR MADAME™ Copyright © 2013 THOIP (une société du groupe Sanrio). Tous droits réservés.
Mr. Mischief a spot of trouble © 2013 THOIP (une société du groupe Sanrio). Tous droits réservés.
M. Farceur a la varicelle © 2013 THOIP (une société du groupe Sanrio). Tous droits réservés.
Traduction : Anne Marchand-Kalicky.

M. FARCEUR
a la varicelle

Roger Hargreaves

Un matin, monsieur Farceur se réveilla en gémissant.

Il ne se sentait pas très bien.

Il se sentait même très mal.

Il se leva et se dirigea vers la salle de bain pour se regarder dans le miroir.

Il vit alors qu'il était couvert de boutons !

Il prit aussitôt rendez-vous chez le docteur Touvabien.

– Vous avez la varicelle, annonça le médecin.
Le meilleur remède est de rentrer chez vous et de rester au lit pendant une semaine.

Monsieur Farceur fit une drôle de tête et perdit son sourire.

Une semaine au lit ?

Une semaine sans farce ?

Monsieur Farceur gémit pour la seconde fois de la journée.

– Et n'oubliez pas, ajouta le docteur Touvabien au moment où monsieur Farceur partait, la varicelle est une maladie très contagieuse.

Monsieur Farceur referma la porte et se mit soudain à sourire malicieusement.

Il avait le genre de sourire qui n'annonce rien de bon…

Avant de retourner chez lui, monsieur Farceur passa à la quincaillerie et acheta un pot de peinture jaune.

Il peignit tous ses boutons avant de rendre une petite visite à monsieur Heureux.

Il ne resta pas longtemps, juste assez…

« Juste assez longtemps, pensa monsieur Farceur en rentrant dans sa maison, pour que monsieur Heureux attrape lui aussi la varicelle ! »

Et il s'allongea dans son lit en riant.

Ce n'était pas très gentil, tu ne trouves pas ?

Le lendemain, toujours couché, il repensa à la farce qu'il avait faite à monsieur Heureux.

Il se dit que si monsieur Heureux avait attrapé la varicelle, monsieur Chatouille l'aurait sûrement lui aussi.

Il se mit encore à rire en pensant aux longs bras de monsieur Chatouille couverts de boutons.

Et monsieur Curieux attraperait lui aussi la varicelle au contact de monsieur Chatouille.

Et monsieur Farceur éclata encore de rire en imaginant monsieur Curieux avec un nez à pois…

… ou monsieur Grand avec des jambes à pois…

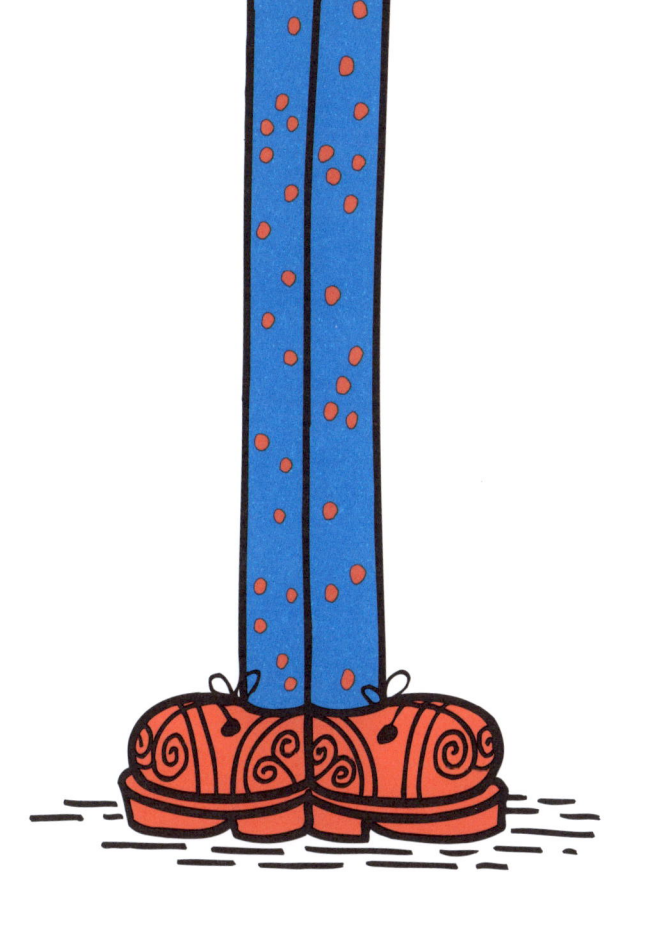

… ou monsieur Farfelu qui aurait peut-être des pois bleus, lui qui est si farfelu…

… ou madame Petite qui aurait sûrement la place de n'avoir qu'un seul bouton.

– Ha ! Ha ! Tout cela va bien me faire rire pendant au moins une semaine ! se réjouit monsieur Farceur.

Au même moment, on frappa à la porte.

Monsieur Farceur bondit hors de son lit pour ouvrir.

– Bonjour ! dit monsieur Heureux. J'ai appris que vous aviez attrapé la varicelle, alors je suis venu prendre de vos nouvelles. Et je vous ai apporté ça.

Monsieur Heureux tendit une grappe de raisin à monsieur Farceur.

Monsieur Farceur dévisagea monsieur Heureux, mais il avait beau le regarder, il ne voyait pas l'ombre d'un bouton.

Pas un seul !

– Vous… Vous n'avez pas peur d'attraper la varicelle ? bégaya-t-il.

– Absolument pas ! répondit monsieur Heureux. Je l'ai déjà eue et comme vous le savez, on ne peut l'attraper qu'une fois !

Monsieur Farceur fit une drôle de tête et perdit son sourire.

Il se mit à bougonner.

– Que se passe-t-il ? demanda alors monsieur Heureux. Vous n'aimez pas le raisin ?

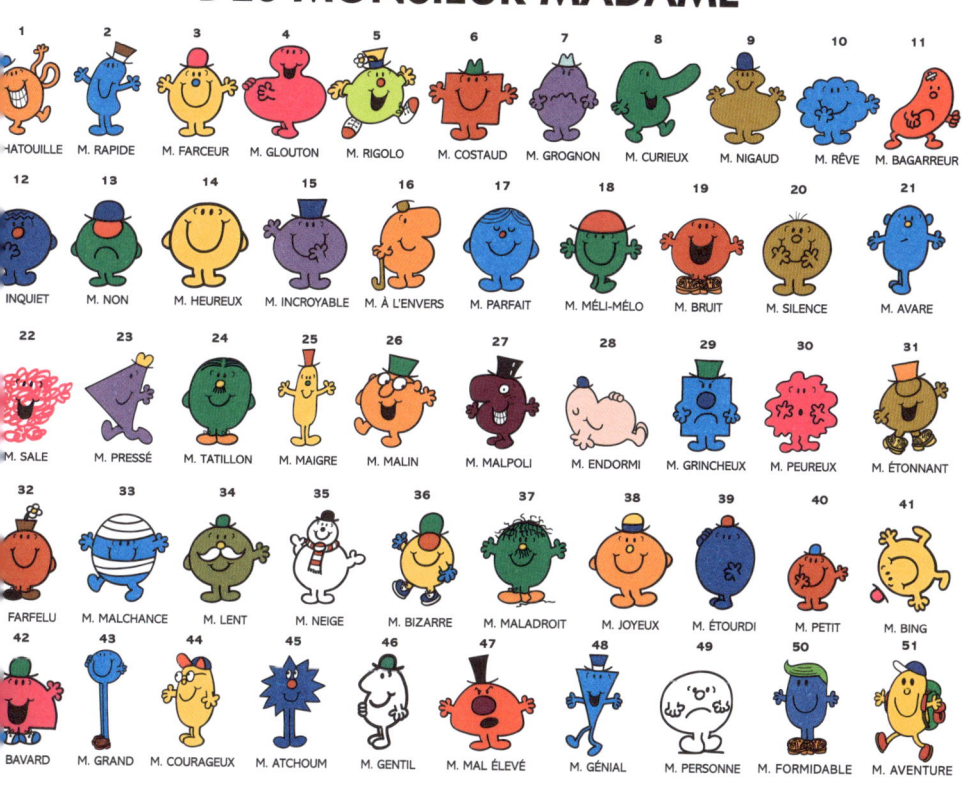

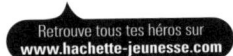

Édité par Hachette Livre, 58 rue Jean Bleuzen 92178 Vanves Cedex.
Dépôt légal : juin 2013.
Loi n° 49-956 du 16 juillet 1949 sur les publications destinées à la jeunesse.
Achevé d'imprimer par Rotolito en Roumanie.